AF483074

CATALOGUE

DE

PORCELAINES DE SAXE

DE PREMIER ORDRE

GROUPES, STATUETTES, VASES, ETC.

MEUBLES D'ART

FORMANT LA

Collection de Mme T A****

VENTE AUX ENCHÈRES PUBLIQUES

HOTEL DROUOT, Salle N° 3

Les Mardi 2 et Mercredi 3 Février 1869

A DEUX HEURES PRÉCISES

EXPOSITIONS { *PARTICULIÈRE :* le Dimanche 31 Janvier 1869, *PUBLIQUE :* le Lundi 1er Février 1869.

DE UNE HEURE A CINQ HEURES.

Me CHARLES PILLET	Me FEBVRE
COMMISSAIRE-PRISEUR.	EXPERT.

CONDITIONS DE LA VENTE

Elle sera faite au comptant.

Les adjudicataires payeront *cinq pour cent* en sus des enchères.

L'exposition mettant le public à même de se rendre compte de l'état des objets, il ne sera admis aucune réclamation une fois l'adjudication prononcée.

ORDRE DE LA VENTE

LE MARDI 2 FÉVRIER

Les Porcelaines de Saxe.

MERCREDI 3 FÉVRIER

Les Porcelaines montées et autres, Faïences, Meubles d'art et les Tapisseries.

Paris.— Imp. de PILLET fils aîné, rue des Grands-Augustins, 5.

Un goût exquis et des plus délicats a présidé à la forma-
tion de la collection de madame T* A***, qui jouit, dans le
monde de la curiosité, d'une notoriété incontestée.

Ce n'est qu'après plusieurs années de persévérantes re-
cherches, à force d'argent — avons-nous besoin de le dire?
— et aussi grâce à ces hasards heureux qui viennent pres-
que toujours en aide aux véritables amateurs, que madame T* A*** a pu réunir quelques-uns des plus remarqua-
bles échantillons de porcelaine de Saxe rassemblés ici, et
que le caprice des enchères va disperser de nouveau.

Avant que cette dispersion n'arrive, signalons, parmi
toutes ces pièces exceptionnelles, celles qui nous ont paru
être des chefs-d'œuvre en leur genre.

D'abord, la belle garniture de cheminée, composée d'une
pendule et deux candélabres, décrite sous le n° 1 de notre

catalogue. Cette pendule en bronze doré est ornée d'arbustes et de fleurs; un Amour repose, assis au sommet du cadran, et, au bas, un char allégorique emporte les Quatre Saisons. Les candélabres sont formés par des charmilles où les fleurs de Saxe s'entremêlent aux feuillages de bronze, et qui abritent deux statuettes, l'une de berger jouant du violon, l'autre de villageois dansant au bruit d'un tambour de basque.

Ensuite, une autre garniture de cheminée, celle décrite sous le n° 2, également en bronze doré et porcelaine de Saxe qui ne le cède en rien à la première, et offre même dans l'ensemble de sa composition plus d'originalité. Sur une terrasse, que soutiennent des colonnettes en Saxe, entourées de rinceaux et de feuillages, Junon apparaît, assise au milieu de quatre Amours. Telle est la pièce principale. Les deux autres, qui complètent la garniture, figurent des temples à colonnes remplis de statues, de groupes et de vases de fleurs. Tout en haut, des esclaves turcs cherchent à maintenir des chevaux qui se cabrent.

Citons encore, mais sans détail, plusieurs groupes allégoriques de la Paix, de la Guerre et de l'Amitié; d'autres, tels que le Char de l'Aurore, l'Asie, l'Afrique, la Toilette de l'Amour, le Triomphe de Galathée, le Concert champêtre, la Charité, etc.; puis, de grandes statuettes : Vénus debout, Minerve, l'Hiver, etc.; et aussi, tout ce monde bariolé et galant de bergères et de marquis, d'Amours et de bouquetières, de musiciens et de danseuses, de marchands, de villageois et de vendangeurs que chacun connaît, et qui s'en va gambadant, minaudant, dansant et chantant avec tant d'entrain et de gaieté aux sons du tambourin et des chalumeaux.

Cette Collection contient encore tout une série de meubles d'art anciens du xvi⁶ siècle et autres, sur lesquels nous appelons l'attention, notamment le magnifique meuble à hauteur d'appui, en ébène, orné de panneaux en ancien laque de Chine noir, avec paysages d'or, que nous avons catalogué sous le n° 123.

Enfin, pour terminer, quatre grandes et superbes tapisseries des Gobelins, représentant des sujets empruntés aux principaux épisodes de l'histoire de Télémaque, agréables compositions dont le charme n'a d'égal que l'état parfait de leur conservation.

A. FEBVRE.

Trois gros brillants vendus 60000... ont été
adjugés... 04000...

... serties en bagues se composant d'un collier —
forme de quinze énormes pierres écrites de brillants
e ... de Diamants, boutons et broches sembla-
-bles ... 33000...

un Bracelet de Diamants ornant trois saphirs
13300... une paire de boucles d'oreilles en
brillants ... 15700... un écrin composé
de gros brillants en touze écrites... 8700.
un medaillon brillants et rubis... 5050.

collier de cinq rangs de perles comptant en
tout deux cent cinquante grosses perles rondes admi-
rables d'orient et de régularité... 05000

plaque d'émeraudes entourée de brillants ...
10688. trois autres plaques de même
... et pour terminer. Six grands
plaques de perles de différentes grosseurs 27000

medailles

Valens, imp. t. aer. rev. Valens. D.F. aug. sa tête
laurée à droite. R. ... conservatori aug. Jupiter debout
à gauche. medaille unique. Bibliothèque. 1100.

S.M. V. Constantinus. D.F. aug. r. Debellatori gent.
varbar. 700. Tête de femme. cristal de roche. 520

Bacchante une, tenant un thyrse. sardoine. 801

Bacchus, imp. R. t. mar. Bacchienne. D.F. ae.
son buste radié. R. pax aeterna. la paix. de la plus
excessive rareté. 510... voyez page 19.

DÉSIGNATION

GROUPES ET STATUETTES

en Porcelaine de Saxe.

1 — TRÈS-BELLE GARNITURE de cheminée, composée d'une pendule en bronze doré, et de deux candélabres ornés de statuettes et de fleurs de Saxe.

La pendule est entourée d'arbustes en bronze doré et de fleurs ; sur le cadran est un Amour assis ; au bas du cadran, un char avec quatre figurines, allégories des Saisons.

Les candélabres, à deux lumières, sont avec charmilles en bronze, fleurs de Saxe et groupes ; sous les charmilles, deux statuettes, berger jouant du violon et villageoise dansant en jouant du tambour de basque.

2 — TRÈS-MAGNIFIQUE GARNITURE de cheminée, composée
de trois grandes pièces monumentales, avec groupes,
statuettes et colonnettes en porcelaine de Saxe ; toutes
ces pièces montées en bronze doré. La principale offre
en haut, sur une terrasse, Junon assise, entourée de
quatre amours ; la terrasse est supportée par des colonnettes en Saxe, entourées de rinceaux et de feuillages à
jour ; au centre des colonnes sont cinq statuettes
d'amours.

Les deux pièces qui complètent la garniture offrent
également des temples avec colonnettes où figurent des
groupes, des statuettes d'amours, des vases de fleurs,
et sur les parties élevées, des Orientaux retenant des
chevaux qui se cabrent.

3 — SUPERBE GROUPE du char de l'Aurore. Apollon, sur
son char, tient les rênes de ses quatre chevaux ; les
rênes et l'attelage en bronze doré.

4 — GROUPE. Allégorie de la Guerre, groupe de deux
amours ; l'un, assis sur un casque, tire un sabre ; l'autre retient le fourreau.

5 — GROUPE. Allégorie de la Paix ; un amour debout
tient une branche d'olivier ; un autre est endormi, la
tête appuyée sur un tambour.

6 — Groupe. L'Amour médecin, coiffé d'une toque de professeur, assis sur un siége près duquel sont ses armes ; il unit deux amants! Le jeune homme, à genoux, embrasse la main de sa maîtresse ; derrière celle-ci est un autre amour qui cherche à la blesser avec une flèche.

7 — Charmant Groupe. Allégorie de l'Amitié. Deux amours s'embrassant.

8 — Grande Figurine de Minerve, assise sur un trône.

9 — Grande Statuette de l'Astronomie. Jeune femme debout, tenant une longue-vue ; à ses pieds est un aigle.

10 — Groupe d'Andromède suppliante, à genoux, sur un rocher, au bas duquel sont deux amours et deux colombes.

11 — Grande Statuette. Jeune marquis tenant une corbeille.

12 — Socle à double galerie en porcelaine de Hosth, supportant une pyramide en Saxe ; cette dernière entourée de huit petites statuettes d'amours de la collection des 120 ; Musiciens et Acteurs du n° 13 au 22.

13 — Autre Socle avec pyramide, entourée de huit autres statuettes d'amours, du n° 22 au n° 33.

14 — Grand Groupe figurant l'Afrique ; personnages assis sur un chameau.

15 — Grand Groupe figurant l'Asie ; personnage oriental monté sur un éléphant.

16 — Groupe. Jeune femme et enfant tenant des fleurs ; terrasse et arbustes avec fleurs et ornements rocaille.

17 — Grand Groupe. Jeune bergère tenant d'une main son tablier, de l'autre sa houlette ; près d'elle est un mouton.

18 — Grand Groupe. Jeune femme assise près d'un arbre ; elle chante et tient un cahier de musique : près d'elle est un enfant qui chante également.

19 — Statuette. Jeune jardinière, tenant d'une main un couteau, de l'autre une plante.

20 — Groupe. La Toilette de l'Amour, petite fille assise ; un petit marquis lui offre un bouquet ; son coiffeur la pare de fleurs ; support rocaille.

21 — Deux Panthères accroupies, faisant pendants.

22 — Grande et magnifique Statuette. Vénus debout.

23 — Fontaine offrant une futaille ornée de médaillons à personnages chinois; elle est surmontée d'un petit Amour. Socle rocaille, à trépied, avec autre Amour assis.

24 — Groupe de trois figures : Jeux d'enfants.

25 — Très-beau Vase brûle-parfums, orné de fleurs en relief; en bas, groupe, allégorie de la Charité : jeune femme assise et quatre enfants.

26 — Deux grandes et belles Coupes ornées de fleurs; très-riches montures en bronze doré, avec fleurs détachées, lis et œillets.

27 — Grand-Groupe. Le Concert champêtre. Jeune femme jouant de la mandoline, et jeune homme chantant, en tenant un cahier de musique.

28 — Grand Groupe. Bergère assise près d'un arbre; un jeune homme lui offre un bouquet.

29 — Bergère près de ses moutons : un jeune homme lui
embrasse la main.

30 — Statuette. Jeune homme jouant de la flûte et du
tambourin.

31 — Petite Statuette. Danseuse. Pendant de la précédente.

32 — Charmant Groupe. La Toilette. Jeune dame posant
un collier de perles sur la tête de sa petite fille ; terrasse
rocaille en bronze doré.

33 — Groupe. Femme orientale assise ; près d'elle est une
corbeille.

34 — Personnage hongrois à genoux ; près de lui est une
corbeille. Pendant du précédent.

35 — Statuette. Petite Bouquetière.

36 — Statuette. Petit Berger jouant de la clarinette.

37 — Groupe. La Poésie.

38 — Statuette. Flore debout.

39 — Charmant Groupe. Le Concert champêtre. Un jeune homme chante près d'une jeune dame qui, assise sous un arbre, joue de la guitare.

40 — Personnage assis, tenant un vase à couvercle.

41 — Groupe. Amours vendangeurs.

42 — Statuette. Jeune fille tenant une écrevisse.

43 — Bouquet de fleurs et arbuste.

44 — Vase contenant des fleurs.

45 — Statuette allégorique de l'Hiver.

46 — Groupe d'Enfants. Allégorie des Sens.

47 — GROUPE. Le Déjeuner du chat.

48 — STATUETTE. Petit marquis lisant.

49 — STATUETTE. Enfant dansant en jouant de la mandoline.

50 — DEUX TROPHÉES D'ARMES.

51 — DEUX VASES contenant des fleurs.

52 — BUSTE de jeune fille; socle rocaille.

53 — TRÈS-BELLE CORBEILLE, soutenue par un groupe de
trois personnages. Allégorie de l'Été; terrasse en
bronze doré.

54 — DEUX AUTRES CORBEILLES, soutenues par des groupes
d'enfants reposant sur des socles; terrasses en bronze
doré.

55 — GRANDE ET BELLE CORBEILLE, ornée sur chaque face
et en relief de groupes de personnages chinois et de
pélicans, le tout reposant sur des socles ou des pilastres; très-beau socle en bois sculpté et doré.

56 — GROUPE. Le Triomphe de Galathée.

57 — STATUETTE. Villageois sonnant de la trompe.

58 — PERROQUET perché sur un tronc d'arbre.

59 — MAGNIFIQUE GROUPE de Vénus et Adonis; socle en bois sculpté et doré.

60 — GROUPE de trois personnages en porcelaine d'Allemagne; scène pastorale. Socle en bois sculpté et doré.

61 — GROUPE. Bacchus enfant, avec un tigre; terrasse en bronze doré.

62 — STATUETTE. Petite musicienne.

63 — STATUETTE. Petite fille jouant de la cornemuse.

64 — STATUETTE. Petite fille jouant de la viole.

65 — STATUETTE. Petite fille chantant.

66 — Statuette. Petite fille jouant du galoubet.

67 — Statuette. Petite fille jouant du hautbois.

68 — Petite Statuette. Villageois tenant un coq.

69 — Groupe. Petite fille donnant à manger à des poules.

70 — Statuette. Enfant jouant du tambour de basque.

71 — Aigle, les ailes éployées.

72 — Groupe. Bacchus et deux petits Faunes; terrasse en bronze doré.

73 — Petite colonne cannelée avec parties ornées de drape-ries.

74 — Statuette. Amour monté sur un socle et tenant un bouquet.

75 — Statuette. Jeune marchande de gâteaux.

76 — STATUETTE. Petite fille tenant des fleurs.

77 — STATUETTE. Petit jardinier tenant une corbeille de fleurs.

78 — STATUETTE. L'Amour marchand de lait.

79 — STATUETTE. Petite villageoise prenant du lait.

80 — STATUETTE. Bacchus debout, pressant des raisins.

81 — GROUPE. Galathée sur deux dauphins.

82 — STATUETTE. Berger tenant sa houlette.

(Louisbourg.)

83 — STATUTETE. Petite Danseuse tenant un tambour de basque.

84 — STATUETTE. Petit villageois jouant de la flûte et du tambourin.

85 — Statuette. Bouquetière.

(Louisbourg.)

86 — Jeune Femme jouant avec un chien.

87 — Groupe de trois figures. Jeux d'enfants.

88 — Autre Groupe. Même genre que le précédent.

89 — Petit Berger jouant de la cornemuse et faisant danser son chien.

90 — Jeune Femme assise sur un lion.

91 — Deux Vases, l'un entouré d'ornements rocaille, de branchages et de fruits en relief; au centre un cartel d'oiseaux; en bas, petite statuette allégorie de l'Été. L'autre, même genre que le précédent, est entouré de branches de cerises; en haut, une statuette d'enfant tenant une gerbe de blé et une faucille.

92 — Déjeuner en porcelaine de Saxe composé de six tasses et leurs soucoupes, une chocolatière, un pot au lait, théière, sucrier et bol; beau décor à personnages chinois.

93 — **Douze belles Assiettes** en Saxe, ornements gauffrés en blanc, décor à bouquets de fleurs entourés de cartels en or.

94 — **Petit Panier** à anses.

95 — **Petite Coquille** ornée de fleurs.

96 — **Petite Tasse** fond bleu et or, sujet genre Watteau.

97 — **Petite Ménagère** composée de quatre pots à couvercles et d'un plateau. Décor de fleurs.

98 — **Vase** contenant des fleurs.

99 — **Deux Corbeilles** à anses ornées de fleurs détachées.

100 — **Deux Pigeons** formant beurriers.

PIÈCES MONTÉES EN BRONZE

ornées de Figurines ou de Fleurs en Saxe.

101 — DEUX PETITS VASES en céladon craquelé contenant des bouquets de fleurs en Saxe; montures en bronze doré.

102 — ENCRIER en laque, monture ancienne en bronze doré, il est surmonté d'une charmille avec fleurs; sous la charmille, statuette soutenant un vase, de chaque côté, l'encrier et la boîte à poudre en Saxe avec fleurs en relief.

103 — CHARMANTE PETITE PENDULE et ses deux bougeoirs, pièces anciennes en bronze doré avec terrasses et arbustes ornés de fleurs en porcelaine de Saxe; au bas des bougeoirs sont deux bustes; au bas de la pendule, enfant près d'une cage dans laquelle est un oiseau.

— 21 —

104 — **LUSTRE EN BRONZE** avec feuillages et fleurs variées,
en porcelaine de Saxe. Douze lumières.

105 — **DEUX CANDÉLABRES** appliqués, même genre que le
précédent lustre, en bronze et fleurs de Saxe. Quatre
lumières!

106 — **QUATRE PETITS VASES** en porcelaine de Chantilly,
avec arbustes en bronze doré et fleurs en Saxe.

107 — **DEUX PETITS CANDÉLABRES** à deux lumières, en bronze
rocaille doré, terrasses sur lesquelles sont un lion et
une lionne en porcelaine de Saxe.

108 — **PETIT BOUGEOIR** en laque, avec arbustes en bronze
doré, fleurs et statuette en Saxe.

109 — **DEUX PETITS BRULE-PARFUMS**, même genre.

PORCELAINES DIVERSES

110 — SUCRIER en porcelaine de Sèvres, pâte tendre ; forme
dite à bateau, avec socle attenant, décor de frises vio-
lettes et de médaillons.

111 — CHARMANT VASE en ancien Wedg wood, ornements
blancs en relief, anses à jour formées par des cygnes.

112 — VASE en porcelaine de la Chine, fond bleu turquoise, avec ornements en relief, sous émail, orné de
trois ceintures de frises à palmettes et de grecques, anses à têtes de tigre.

113 — BRULE-PARFUMS en porcelaine de Chine, fond bleu
turquoise ; la panse, avec ornements gravés en relief
émail, représentant des dragons dans des nuages ;
pieds à trompe d'éléphant, anses élevées à S.

114 — DEUX COUPES en porcelaine de Chine, montures en
bronze doré.

115 — DEUX VASES en céladon, montures en bronze doré.

110

115 *bis* — Sous ce numéro les porcelaines non catalo-
guées.

OBJETS DIVERS

116 — VASE ovoïde en jade blanc, orné de deux frises
sculptées en relief, l'une de fleurs, l'autre d'enroule-
ments et d'emblèmes; anneaux mobiles pris dans la
masse soutenus par des anses à jour.

117 — QUANTITÉ DE PETITS OBJETS de montre seront vendus
sous ce numéro.

FAIENCES

118 — DEUX GRANDS ET BEAUX VASES à couvercles, en ancienne faïence de Castilli, décorés de paysages avec
sujets mythologiques.

119 — PLAT EN FAÏENCE italienne de Castilli, orné d'u.
sujet et d'une frise à rinceaux.

120 — AUTRE PLAT, fabriqué de Savone, avec bordure
brune gaufrée.

121 — GARNITURE DE TROIS PIÈCES, une potiche et deux cor-
nets en ancienne faïence de Delft, décor bleu à
fleurs.

122 — COUPE en ancienne faïence d'Urbino.

MEUBLES D'ART

123 — MAGNIFIQUE MEUBLE à hauteur d'appui, en ébène,
orné de trois panneaux en ancienne laque de la Chine
noir avec paysages or; cette pièce est décorée d'ornements en bronze doré très-finement ciselées. frises, pendentifs, fleurs, appliques feuilles-d'eau et haies-
de-cœur; aux coins sont des colonnes à jour également
en bronze doré. Pièce hors ligne.

124 — Charmant meuble Henri II, dit meuble Jean Goujon, en chêne sculpté ; le bas avec quatre colonnes à jour alternées d'écussons avec Naïades ; le haut avec deux panneaux à figures mythologiques, ornements, mascarons et plaque de marbre incrusté.

125 — Meuble vitrine, à hauteur d'appui, en bois d'ébène et Galuchat ; ornements en bronze doré.

126 — Meuble de l'époque de Louis XIII, en ébène et écaille, orné de colonnettes et de pilastres cannelés, et de peintures sur verre imitant des pierres précieuses ; le bas à jour avec six colonnes ; ce meuble est surmonté d'une pendule.

127 — Crédence renaissance en chêne sculpté, les panneaux décorés de sphinx et de feuillages, les pilastres avec mascarons.

128 — Cabinet en laque noir de la Chine, charnières en bronze gravé et doré.

129 — Petit meuble Louis XIII, dit cabinet, en ébène incrusté d'ornements en ivoire ; le vantail, en se rabattant, laisse voir des tiroirs.

130 — Autre meuble, même genre que le précédent, mais plus petit.

131 — Autre meuble à peu près semblable au précédent.

132 — Petit meuble d'entre-deux, en ébène, avec tiroirs encadrés de moulures guillochées.

133 — Autre meuble d'entre-deux, richement marqueté de bois.

134 — Six girandoles appliques en verre de Venise, ornées de fleurs en relief et de figures gravées sous étain.

135 — Deux Consoles en bois noir avec parties sculptées et dorées, les dessus avec panneaux en marqueterie de différents marbres, travail italien.

136 — Deux Tabourets; les bois sculptés et dorés, même genre que les précédentes consoles.

137 — Secrétaire très-richement marqueté de bois, au centre du grand panneau est un médaillon représentant un cavalier entouré de rinceaux, en bas un trophée d'instruments de musique; sur les montants et sur la partie plate du haut, des maisons et vues de villes; marbre en jaune de Sienne.

138 — Commode très-richement marquetée; même genre de travail que le secrétaire précédent.

139 — Deux supports en bois sculpté et doré, enfants supportant les tablettes.

140 — Une vitrine style de Louis XVI, en bois noir orné de bandes et filets en cuivre.

141 — Autre vitrine semblable à la précédente.

142 — Étagère à cinq plaques en glace, pour mettre des statuettes; glaces soutenues par des colonnes en cristal.

143 — Autre étagère pour statuettes, les plaques soutenues par des colonnettes en porcelaine.

144 — Table genre Louis XIII, très-richement marquetée de bois.

145 — Pendule à S en vernis Martin, ornements rocaille en bronze doré.

146 — DEUX TORCHÈRES en bois sculpté, doré et peint, représentant des femmes debout sur des socles.

147 — DEUX GLACES appliques à une lumière, cadres en bois sculpté et doré.

148 — BEL ÉCRAN en bois sculpté et doré, avec peinture à l'huile représentant un concert, sujet traité dans la manière de Raoux.

149 — MEUBLE dit cabinet en laque noire de la Chine avec paysages or, les appliques et charnières en cuivre gravé et doré ; le bas avec colonnes torses à jour.

150 — TRÈS-BELLE ARMOIRE en laque noire avec paysages or et bouquets de fleurs en nacre incrustée.

150 *bis*. — PORTE-MONTRE rocaille en bois sculpté et doré.

151 — DEUX LUSTRES hollandais.

152 — PARAVENT CHINOIS en bambou, panneaux brodés en soie de la Chine.

153 — JEU DE TRICTRAC de l'époque de Louis XIV, avec pions représentant divers sujets.

TAPISSERIES

Quatre très-belles Tapisseries des Gobelins représentant des Sujets ayant trait à l'histoire de Télémaque.

154 — Combat de Télémaque contre un guerrier grec en présence de deux armées, Minerve dans les airs protége le héros.

Haut., 3 mèt. 20; larg., 6 mèt. 50.

155 — Vénus implore Neptune pour faire soulever la tempête qui doit faire échouer le vaisseau de Télémaque près de l'Ile de Calipso.

Haut., 3 mèt. 20; larg., 3 mèt. 70.

156 — Trois panneaux séparés représentant le Festin offert par Calipso à Télémaque et à Mentor.

Haut., 3 mèt. 20; larg. de deux, 1 mèt. 35.
Largeur du 3° panneau, 1 mèt. 45.

157 — Minerve, quittant la figure de Mentor, s'élève dans les airs, laissant Télémaque agenouillé sur le rivage.

Haut., 3 mèt. 20; largeur, 4 mèt. 60.

MEUBLES MEUBLANTS

158 — Meuble de salon, composé d'un canapé, six fauteuils et huit chaises, bois sculpté blanc et doré, couvert en tapisserie d'Aubusson à bouquets de fleurs.

1600

159 — Autre meuble de salon, composé d'un canapé d'angle et de quatre fauteuils, couverts en satin bleu broché à bouquets de fleurs.

860

160 — Petit tabouret en bois tourné et doré, couvert en tapisserie à la main.

65

161 — Deux chaises en bois tourné et doré, couvertes en tapisserie.

225

162 — Un pouff même genre, couvert en tapisserie à la main.

compris au 161

163 — QUATRE CHAISES en bois sculpté blanc et or, garnies
d'étoffes en soie de tons divers.

164 — DEUX PETITS TABOURETS en bois sculpté et doré, couverts en tapisseries à la main.

165 — SIX RIDEAUX de croisées en tapisserie d'Aubusson.

166 — Sous ce numéro les objets ornés. [illegible]

le même. portrait de jeune garçon... 6100...
le même. jeune fille 5000... le même. jeune
fille 1100... Jansen eau [illegible]. portrait de femme
1100... H. de Keyser. portrait d'une jeune hollandaise
800... Van der meer de Delf. loutre. int. hollandais
5100... le même. int. de béguinage... 1150.....
Mierevelt. femme de qualité tenant à la main son chasse
mouche... 1500... Mieris. le capitan... 650.
Murillo. St Joseph et l'enfant Jésus... 16000
Van der meer. crepuscule... 1125... van
ostade. intérieur villageois. 1880... Peter kessel.
[illegible] garde. [illegible] autrichiens... 6700
Ricard. [illegible] [illegible] sur un [illegible]. 6400
[illegible]. [illegible] paysage... 24600...
[illegible]. [illegible] d'un gentilhomme debout à mi-corps.
11100... Mieris... Saint [illegible]. réplique...
2100... [illegible]. [illegible]... portrait de sa fille...
[illegible] [illegible]... 16000. le même portrait
d'homme... 1800... Velasquez. l'infante marie
thérèse. réplique... 819... [illegible]. van de velde
paysage et animaux... 100...
[illegible]. portrait de femme... 1340
Velde. le compliment... 5000...
du même le récit... 6800...
B. [illegible]. la chasse aux [illegible] de [illegible]
[illegible]. 25000... Boucher. dessin sanguine.
[illegible]. étude. [illegible]. Tassaert. les [illegible]. aquarelle
les deux... 650... sanguine. P. robert. 1300...
[illegible]... 450... Fin des Tableaux...

BIBLIOTHEQUE NATIONALE DE FRANCE

****

CHATEAU DE SABLE

1995